KB118197

대머리와의 사랑

문학동네포에지 005

성미정 시집

대머리와의
사랑

개정판 시인의 말

아직도 야구를 몰라
얼마나 다행인지
공은
야구를 모르던 때부터
여전히 모르는 지금까지
여전히 둥글
오늘은 밤하늘의
달이 유난히 둥글
야구를 모르는
모르는 척하는 모두들
굿나잇
달빛 아래 우리 모두
모여
그때처럼 야구를 모르는
척하자
둥근 달빛은
둥근 야구와
어쩌면 닮으려고 해
우리 모두
오늘은 늘 그렇듯이
홈인

2020년 10월
성미정

차례

대머리와의 사랑 1

대머리를 위하여 그녀는 머리털을 뽑는다
대머리를 위하여 그녀는 음모를 잡아뜯는다
대머리를 위하여 그녀는 겨드랑이 털을 깎는다
검은 털이 수북하다 밖에는 비가 내리고 있다
그녀는 추억 속의 벗겨진 머리 가죽 말라붙은
가죽 위에 털들을 꼼꼼히 심는다 대머리가
만족할 만한 가발을 가지고 대머리에게 간다
진짜 머리털보다 더 진짜 같은 가발을
대머리에게 준다 이걸 만드느라 일찍 오지
못했어요 대머리는 가발을 던져버린다
기다리느라 비를 너무 많이 맞았어 머리가
불어서 이제 그 가발은 나에게 맞지 않아
대머리의 육체 가득 출렁이는 빗소리가 들린다
그녀가 공들여 만든 대머리를 위한 가발이
찢겨진 우산처럼 빗속에 버려져 있다

대머리와의 사랑 2

그의 머리카락이 뇌 속으로 자라고 있다는 걸
사람들은 알지 못한다 그저 그를 보면
대머리라고 낄낄대느라고 바쁠 뿐이다 그는
뇌 속으로 머리카락이 엉켜 폭발 직전인데
빗질조차 할 방법이 없다 어떤 참빗 같은 손이
그의 뇌 속까지 들어올 수 있을까 그는 일단
늙고 노련한 이발사를 찾아간다 늙고 노련한
이발사도 뇌 속까지는 속수무책이다 팬시리
애꿎은 턱수염만 시퍼렇게 밀어버린다
이발소에서 돌아온 밤 그는 머리카락이
가득찬 뇌를 현실로 받아들이기로 다짐한다
그 밤 그는 오랜만에 편안한 잠을 청하는데
폭발이 일어난다 머리카락을 더이상 누를 수
없었던 뇌가 그를 배반한 것이다 사람들은
가엾은 그의 조각난 머리 주변에 몰려들어
그가 대머리가 아니었음을 인정한다

모자를 쓴 너

그녀는 머리를 뚜껑이라고 부르는 늙은 의사를 만났다 수술을 하기 위해서는 우선 뚜껑을 열어야 합니다 뚜껑은 아주 조심스럽게 열어야 합니다 한 치의 실수라도 생기면 뚜껑을 닫기가 어렵습니다 틈새가 벌어지면 수술을 하기 전보다 더 엉망이 됩니다 자 이제 뚜껑을 열겠습니다 뚜껑이 열리자 취한 새들이 비틀거리며 날아간다 껍질 벗은 뱀들이 기어코 기어나온다 지느러미 떨어진 물고기들이 퍼덕거린다 난감해진 늙은 의사는 짐짓 헛기침을 하며 말한다 괜히 뚜껑만 열어봤군요 아무 이상이 없어요 뚜껑 속에는 희고 먹음직스러운 뇌수가 가득 있어요 늙은 의사는 떨리는 손으로 뚜껑을 꿰맨다 마무리로 질긴 탯줄을 한번 더 묶어준다 수술이 끝난 후 그녀는 뚜껑 속으로 스미는 시린 바람 때문에 잠을 설친다 들이치는 빗방울로 인해 출렁거린다 그녀는 깨닫는다 수술은 모든 수술은 후유증을 남긴다 결국 그녀는 뚜껑 위에 또 하나의 단단한 뚜껑을 눌러쓰고 뚜껑이 열린 세월 속을 걸어다닌다

타락 천사

  태어나자마자 부모는 나를 천사라 불렀다 내 의지와는
상관없이 더럭 천사가 되고 말았다 그 시절 나의 행적은
다른 아기 천사들과 다를 바 없었다 먹고 자고 똥 싸고 그
일로는 누구에게도 해를 끼치지 않았으므로 천사라 불리
는 데 전혀 거리낌이 없었다 천사인 나는 하루가 다르게
자라기 시작했다 부모의 머리카락이 빠지는 만큼 내 몸엔
검은 털이 숭숭 돋아났다 알 수 없는 마음이 꿈틀거렸다
하루도 빠짐없이 인간사의 시비에 시달려야 했다 터럭 천
사가 되어버린 나는 내가 과연 천사인가 하는 의문 속에
불면증만 늘어갔다 점점 보기 싫은 놈만 늘어갔다 내가
천사인지 악마인지 헷갈리기 시작했다 견디다못해 죽여
버리고 싶은 새끼들의 명단을 짜기 시작했다 일전에 지하
철에서 새치기한 놈의 이름은 뺐다 순수성을 가리기 위해
명단을 계속 삭제해갔다 내 밥그릇을 차버린 놈의 이름도
지워버렸다 증오의 결정을 만나기 위해 한 명으로 줄였다
이름을 확인한 나는 만족했다 거기엔 나의 이름만 남아
있었다 타락 천사라 쓰여 있었다

흘러간다

깊은 물속에 그가 살았습니다 누구도 그의 이름을 알지 못했습니다 처음부터 이름이 없었던 건 아닙니다 그도 다른 이들처럼 많은 이름을 갖고 태어났습니다 물결이 바뀔 때마다 이름이 변하는 건 물속 나라의 오래된 관습입니다 때가 되면 누구나 낡은 이름을 버리고 새 이름을 맞아야 합니다 가끔은 헤어지기 싫은 이름도 있었고 감당하기 버거운 이름도 받아들여야 했지만 그는 이곳의 관습에 순종하며 살았습니다 유독 바람이 심하던 어느 밤이었습니다 그는 사용하지 못한 새 이름을 놓쳐버렸습니다 어찌나 물살이 거센지 움켜잡을 수 없었습니다 이름을 잃은 벌은 가혹했습니다 그는 다음에 올 어떤 이름도 받을 수 없게 되었습니다 그에겐 이름이 사라져버렸습니다 가족과 친구들은 당황했습니다 그를 무어라 불러야 할지 몰라 피하기 시작했습니다 외톨이가 된 그는 이름이 없는 게 견디기 힘들었습니다 남들이 쓰고 버린 이름이라도 주워 달려고 애썼습니다 그에게 맞는 이름도 없었을뿐더러 사람들에게 조롱만 받았습니다 홀로 지내던 그는 자신의 몸이 예전보다 가볍다는 걸 느꼈습니다 이름이 없기 때문이라는 것도 서서히 눈치채게 되었습니다 어느 새벽 그는 물결 위로 떠올랐습니다 이름이 존재하지 않는 어딘가를 향해 여행을 시작했습니다 흘러가면서 그는 자신의 이름을 찾게 되었습니다 흘러간다는 것 그것이 그의 이름이었습니다

장갑 소녀

　태어나는 순간 추위가 엄습했다 넌 주먹을 쥐고 울고
말았다 시간이 흐르면 나아지겠지 기대했다 그러나 커가
는 만큼 추위는 심해졌다 혼자서 밥을 먹을 나이가 되었
다 넌 손이 떨려 숟가락을 들 수 없었다 흔들리는 숟가락
밖으로 밥알이 떨어졌다 보다못한 가족들은 장갑을 선물
했다 장갑은 냉기 때문에 곧 얼어붙었다 더 두터운 장갑
을 끼워봤지만 마찬가지였다 한번 달라붙은 장갑은 떼어
낼 수 없었다 넌 살갗이 돼버린 장갑 위에 새로운 장갑을
덧끼웠다 점점 손이 무거워졌다 숟가락 드는 일이 힘들
어졌다 네 손은 거대해졌다 손가락 하나 까닥할 수 없게
되었다 가족들은 네게 밥을 먹여줘야 했다 몸도 씻어줘
야 했다 너의 손은 사계절 내내 어둔 장갑 안에 숨어 지
냈다 가족들의 손은 너를 보살피느라 자신은 돌볼 틈이
없었다 점점 여위어갔다 닦지 못한 몸에선 악취가 풍겼
다 가족들을 보는 게 추위보다 힘들었다 넌 밤마다 장갑
을 벗기 시작했다 벗길 때마다 피가 흐르고 뼈가 시렸다
마침내 넌 장갑을 끼지 않은 손을 만날 수 있었다 오랫동
안 갇혀 있던 손은 창백했다 자라지 못해 부드럽기만 했
다 넌 그 손에 숟가락을 쥐었다 찬물에 담그기도 했다 너
를 무겁게 했던 모든 장갑으로부터 벗어났다 깊은 잠에
서 깨어난 너의 손은 자라기 시작했다

심는다

꽃씨를 사러 종묘상에 갔다 종묘상의 오래된 주인은 꽃씨를 주며 속삭였다 이건 매우 아름답고 향기로운 꽃입니다 꽃씨를 심기 위해서는 육체 속에 햇빛이 잘 드는 창문을 내는 일이 가장 중요합니다 너의 육체에 창문을 내기 위해 너의 육체를 살펴보았다 육체의 손상이 적으면서 창문을 내기 쉬운 곳은 찾기 힘들었다 창문을 내기 위해서는 약간의 손상이 필요했기 때문이다 나는 밤이 새도록 너의 온몸을 샅샅이 헤맸다 그다음 날에는 너의 모든 구멍을 살펴보았다 창문이 되기에는 너무 그늘진 구멍을 읽고 난 후 나는 꽃씨 심는 것을 보류하기로 했다 그러곤 종묘상의 오래된 주인에게 찾아가 이 매우 아름답고도 향기로운 꽃을 피울 만한 창문을 내지 못했음을 고백했다 새로운 꽃씨를 부탁했다 종묘상의 오래된 주인은 상점 안의 모든 씨앗을 둘러본 후 내게 줄 것은 이제 없다고 했다 그 밤 나는 아무것도 줄 수 없으므로 행복한 나를 너의 육체 모든 구멍 속에 심었다 얼마 후 나는 너를 데리고 종묘상의 오래된 주인을 찾아갔다 종묘상의 오래된 주인은 내가 키운 육체의 깊고 어두운 창문에 대해서 몹시 감탄하는 눈치였다 창문과 종묘상의 모든 씨앗을 교환하자고 했다 나는 창문과 종묘상의 오래된 주인을 교환하기를 원했다 거래가 이루어진 뒤 종묘상의 오래된 주인은 내 육체 속에 심어졌다 도망칠 수 없는 어린 씨앗이 되었다

언니라는 존재

언니는 동생보다 먼저 태어난다 언니는 동생보다 먼저 자란다 동생은 늘 언니의 뒤를 따라 자란다 언니의 옷을 물려 입고 언니의 신을 받아 신고 언니의 그늘에서 키가 큰다 언제부터인지 언니는 더이상 자라지 않는다 성장을 멈출 만큼 언니에겐 삶이 무거웠던 것이다 언니는 자기만의 방에서 색색의 구슬 같은 알약을 가지고 논다 무수한 진단서 속엔 언니의 미래에 대한 청사진은 보이지 않는다 자라지 않는 언니 몫까지 동생은 열심히 자란다 성큼 자라서 언니가 된다 어느 날 언니는 동생을 보고 언니라 부른다 업어달라고 조른다 언니가 된 동생은 언니였던 동생을 업고 끝없는 슬픔 속을 걷는다 결코 내릴 수 없을 것이다 언니였던 동생이 죽어 살이 문드러지고 흰 뼈만 남을 때까지 동생이었던 언니는 업고 걸을 것이다 그 무게 때문에 점점 허리가 굽을 것이다 빨리 늙을 것이다

가축들 혹은 가죽들

　　그 집에는 가축들만 남았습니다 그러나 어둔 밤 불 켜
진 창문 틈새로 들여다보면 가죽들만 남았습니다 가축
들은 가죽들만 벗어놓고 어디론가 떠나가버렸습니다 방
안의 늙고자 하는 부부는 가죽들을 만지며 중얼거립니
다 아이들은 다 어디로 간 거지 이 밤에 이 깊고 추운 밤
에 옷을 벗어놓고 나가면 어쩌란 말인가 가죽을 붙잡고
머리끝에서 발끝까지 살펴봅니다 그 밤 가죽을 벗어버린
가축들은 새빨갛게 드러난 속살로 세균들로 가득찬 세
월 속을 활보합니다 드러난 핏줄과 뼛속 깊이 불길한 추
억들이 스며듭니다 방안의 늙고자 하는 부부는 가죽들을
손질합니다 너무 작아진 가죽은 수선하여 늘이고 너무
커진 가죽은 다시 줄입니다 그 집에는 가축들만 아니 가
죽들만 남았습니다

거울을 먹는 사람들

언제부터인지 확실치 않지만 소녀는 거울을 먹기 시작했다 우연한 기회에 거울을 맛본 소녀는 밥을 먹지 않았다 식구들은 소녀를 데리고 여러 병원을 전전했지만 편식은 고칠 수 없었다 식구들은 거울이든 돌멩이든 먹어야 산다고 애써 자위했다 쉬쉬하며 소녀의 식성을 숨기는 데 급급했다 소녀는 이제 식구들 앞에서 거리낌없이 하루 세끼 거울만 먹었다 집안에서 거울이 사라졌고 식구들은 몸단장을 할 수 없었다 그러나 곧 유리창에 얼굴을 비추고 고인 물에 머리를 살펴볼 줄 알게 되었다 나름대로 습관이 되니 매무새가 단정해졌다 누구도 그 집에 거울이 없다는 걸 눈치챌 수 없었다 사다준 거울까지 모조리 먹어치운 소녀는 배가 고프다고 식구들을 보챘다 거울을 사느라 집안엔 돈이 바닥났다 식구들은 거울을 훔치러 다녔다 소녀는 훔쳐온 거울을 맛있게 씹었다 몸 안에 온갖 거울이 쌓였다 어느 날 거울을 훔쳐온 식구들은 소녀를 닮은 거울을 발견했다 소녀를 찾으려고 애썼지만 거울에는 소녀도 식구들도 나타나지 않았다 오래된 기억만이 불길하게 흔들리고 있었다 더이상 거울을 훔칠 필요가 없었다 식구들은 그제야 식욕이 돌아왔는데 집안에 쌀 한 톨 없었다 굶주릴 대로 굶주린 식구들은 어쩔 수 없이 거울을 먹기 시작했다 먹어도 먹어도 사라지지 않는 거대한 슬픔을 거울을 삼켰다

비누를 훔치러 다닌 적이 있었다

비누를 훔치러 다닌 적이 있었다 비누가 귀해서 자주 씻을 수 없는 탓에 땟국물이 흐르고 이가 들끓었다 몸이 근지러워 잠을 이룰 수 없었다 뛰어난 도둑이 아닌지라 걸핏하면 현장에서 발각됐다 비누를 훔치기 위해 가슴 졸이기 싫었다 비누를 만들기로 했다 비누를 만들기 위해선 지방이 필요하다는 걸 알게 됐다 집안 구석구석을 뒤지다 잠만 자는 그녀를 발견했다 가족들의 지나친 보살핌으로 그녀는 몰라볼 만큼 기름지게 살쪄 있었다 그녀의 목을 졸랐다 뜨거운 솥에 넣고 기름이 우러나도록 오래 끓였다 완성된 비누는 그녀를 닮았지만 아무도 알아보지 못했다 그녀의 실종을 의아해하던 가족들은 곧 새 비누로 관심을 옮겼다 사용 후 부모님은 비눗물이 눈에 들어가면 눈물이 쏟아진다고 했다 뜨끔했지만 적응이 되면 괜찮을 거라고 말했다 동생들은 비눗방울 놀이를 했다 방울 속에 갇힌 그녀는 아른대는 무지갯빛 때문에 보이지 않았다 비누가 어찌나 크고 단단한지 거대한 벽돌 같았다 한동안 비누를 훔치러 다닐 필요가 없어 한가해졌다 비누가 흔해서인지 식구들은 너무 자주 얼굴을 씻고 머리를 감았다 얼굴이 밋밋하게 닳고 머리카락이 빠지기 시작했다 일주일에 한 번씩만 사용하라고 했으나 들은 척도 하지 않았다 이번에는 식구들의 목욕 횟수를 감시하느라 잠 못 이루게 되었다

가족 나무

그녀가 소녀였을 때 그녀는 나무를 한 그루 심었다 소
녀는 나무 기르는 법을 잘 몰랐다 흙속에 뿌리를 넣고 힘
껏 밟아주면 되는 줄 알았다 사실 가끔 물 주는 것도 빼
먹었다 우울한 날엔 물을 너무 주기도 했다 나무는 자라
소녀의 머리숱만큼 가지가 무성해졌다 소녀는 가지치기
를 했다 나무는 토르소처럼 보였다 그녀가 처녀였을 때
그나마 남아 있던 가지에 열매가 달렸다 시든 열매 같은
얼굴들이 걸려 있었다 벌레 먹은 기억 텅 빈 사이로 찬바
람이 스몄다 밤마다 나무는 짐승처럼 울었다 처녀는 나
무가 두려웠다 파내서 뿌리째 태워버리려고 했다 그 밤
처녀는 나무의 비밀을 만나게 되었다 나무는 뿌리가 없
었다 한 그루의 똑같은 나무가 땅속으로 자라고 있었다
마치 정교한 거울 같았다 어둠 속에서 자란 가지 끝에는
혈색 좋은 얼굴들이 익어 있었다 처녀는 나무를 다시 심
었다 땅속에 묻혀 있던 나무는 지상으로 지상의 나무는
지하로 묻어버렸다 마치 결혼식과 장례식을 함께 치른
듯 처녀는 피곤했다 날이 밝았다 아무도 그녀를 알아볼
수 없었다 잘 자란 나무 곁에 나무껍질처럼 주름진 노파
가 쓰러져 있었다

다소 악마적인

그이는 미식가 그이를 위해 정성을 다해 요리했지만 까다로운 입맛을 만족시킬 수 없었어 그이에게 인정받고 싶었어 사랑하니까 모든 음식에 내 살을 조금씩 베어 넣었어 그이에 대한 사랑으로 가득찬 살을 말이야 예감은 적중했어 그이는 너무 맛있다고 입맛을 다셨어 내 살에 중독되기 시작한 거지 그이를 위해 살을 도려내다보니까 약간의 문제가 생겼어 몸에서 늘 피가 흘렀어 뼈가 드러난 내 팔을 보고 그인 울었어 자기를 위해 요리하느라 앙상해졌다는 거지 그인 뚱뚱해지고 난 뼈만 남은 채 덜그럭거렸어 더이상 요리를 할 수 없게 되었어 죽을힘을 다해 겨우 그이에게 말했지 이젠 당신 차례라고 난 그이 못지않은 미식가였지 이미 내 살에 중독된 그이는 가르쳐주지 않아도 내 혀가 원하는 요리를 척척 하더군 그이도 나처럼 될 거라고 생각하지 마 그땐 내가 요리사가 되면 되니까

동화
— 파랑새

처음부터 파랑새는 아니었어 당신도 저런 새를 갖고 싶다면 좋은 방법을 알려주지 위험을 무릅쓰고 추억의 나라나 밤의 나라 따위를 헤맬 필요는 없어 우선 새를 잡아와 흔해빠진 참새라도 새를 잡을 정도로 민첩하지 않다고 그렇다면 새를 사오라고 그리고 남들이 모두 잠든 시간에 새의 주둥이를 틀어막고 때리란 말이야 시퍼렇게 멍들 때까지 얼룩지지 않도록 골고루 때리는 게 중요해 잘못 건드려서 숨지더라도 신경쓰지 마 하늘은 넓고 새는 널려 있으니 오히려 몇 마리 죽이고 나면 더 완벽한 파랑새를 얻을 수 있지 그리고 가족들 앞에서 말하라고 행복의 파랑새를 찾아왔다고 모두들 기뻐하겠지 물론 밤마다 새를 때리다보면 둔해빠진 가족이라도 비밀을 눈치채겠지 걱정 마 그 정도는 눈감아줄 거야 맞아서 파랗든 원래 파랗든 파랑새라는 게 중요한 거야 그리고 비밀 없는 행복은 하늘 아래 존재하지 않는 거야 뼛속 깊이 퍼렇게 골병든 행복 맞으면 맞을수록 강해지는 행복 처음부터 파랑새는 아니었어

동화
—상자

　어느 날 왕과 왕비에게 상자가 배달되었다 그걸 여는
순간 왕과 왕비는 엄마 아빠가 되고 말았다 상자 속의 공
주는 비싼 선물이었다 공주를 키우기 위해선 노예처럼
일해야 했다 다행히 공주는 왕비가 될 만큼 빨리 자랐다
왕과 왕비는 하루빨리 왕비가 되길 권했다 그러나 공주
는 차일피일 미루며 여전히 공주로 남아 있었다 왕비가
된다면 공주에게도 상자가 배달될 것이다 그걸 여는 순
간 공주도 엄마로 바뀔 것이다 단 한 번의 울음소리로 자
신을 영원히 복종시킬 아기 공주는 그것이 두려웠다 잠
을 이룰 수 없었다 먼지 쌓인 상자를 찾았다 온몸을 웅크
리면 다시 상자 속으로 들어갈 수 있으리라 생각했다 상
자를 열자 그곳엔 이미 엄마 아빠가 누워 있었다 갓난아
기처럼 쪼그라든 그들에게 낡은 상자는 잘 어울렸다 내
상자라고 우겨도 들은 척도 하지 않았다 더구나 상자는
그들에게 꼭 맞아 공주가 들어갈 틈이 없었다 뚜껑을 닫
으며 공주는 어쩔 수 없이 왕비가 되기로 했다 자신이 들
어갈 상자를 갖기 위해서 자신에게 배달될 상자를 받아
들이기로 했다

동화

—가방 엄마

　여행을 떠나야 했다 여행은 길고 험할 것이므로 튼튼한 가방이 필요했다 욕심을 낸다면 이미 여행의 경험이 있는 노련한 가방이었으면 했다 가방을 파는 모든 곳을 헤맸다 여행이 시작되기도 전에 발바닥엔 물집이 솟았다 어쩌면 가방을 찾아 헤맬 때부터 여행은 시작된 것인지도 모른다 요구를 만족시킬 만한 가방을 만나는 건 쉬운 일이 아니었다 그러던 끝에 가방 엄마를 만나게 되었다 가방 엄마의 몸은 잘 무두질된 쇠가죽이었다 아마 나의 엄마처럼 평생을 쉬지 않고 움직인 소였을 거다 온몸을 내주고 끝끝내 비린내 나는 내장까지 비운 이젠 말라버린 주머니인 가방 엄마는 나의 엄마와 다르지 않았다 여행이 시작되었다 물이 바뀔 때마다 낯선 사람을 만나야 했다 그건 두려운 일이었다 가방 엄마는 그런 두려움까지 모두 맡아주었다 여행이 계속되면서 가방 엄마도 들어줄 수 없는 상처와 추억이 생겼다 그때마다 내 몸은 조금씩 어두운 공간으로 변해갔다 여행이 끝날 무렵 가방 엄마는 끈이 떨어지고 군데군데 뜯어졌다 더이상 짐을 들어줄 수 없었다 그러나 그때 나는 가방이 되었다 낡고 병든 가죽 쪼가리에 불과한 가방 엄마를 내 속에 품어주었다 진정한 여행은 그렇게 시작되었다

동화

—엉킨 나라

그 나라의 이름은 엉킨 나라다 언제부터 엉켰는지 왜 엉켰는지 엉킨 나라의 제왕인 그녀도 기억이 희미할 뿐이다 아마 한 남자와 한 여자가 엉킨 밤 그녀가 잉태되던 순간 세워진 것인지도 모르겠다 엉킨 나라의 제왕답게 그녀는 태어나면서부터 모든 걸 엉키게 하는 능력이 있었다 그녀가 자라는 만큼 엉킨 나라는 넓어졌다 엉킨 나라를 풀어보려고 애썼지만 수학엔 소질이 없는지라 풀수 없었다 가위로 끊어버리려 했으나 끊어지지 않았다 엉킨 나라는 끊어야 할 나라가 아니라 풀어야 할 나라였다 엉킨 나라 밖으로 도망치려 했으나 출구를 찾을 수 없었다 모든 길이 미로처럼 엉켜 있었다 두통에 시달리며 그녀는 엉킨 나라에 살 수밖에 없었다 엉킨 나라에 있으면 답답하긴 했지만 외롭지는 않았다 모두들 얽히고설켜 있으니 같이 슬프고 같이 기뻤다 그럴 수밖에 없다면 이대로 엉킨 채로 사는 것도 나쁘지만은 않은 것 같았다 그녀는 기꺼이 엉킨 나라의 제왕답게 살기 시작했다 그때부터 엉킨 나라는 풀려가기 시작했다 이 나라의 이름은 풀린 나라다 언제부터 풀렸는지 왜 풀렸는지 풀린 나라의 제왕인 그녀는 그 비밀을 알고 있다

동화

—거울 파는 노파

처음부터 거울 파는 노파는 아니었다 처음엔 거울 보는 소녀였다 이른 나이에 거울을 선물 받았다 거울은 그저 신기한 장난감에 불과했다 거울 속의 소녀는 하루가 다르게 변했다 거울 앞에 있으면 지루하지 않았다 어느날 거울 속에 이상한 소녀가 나타났다 가랑이 사이로 피가 흐르고 털이 솟았다 이상한 소녀가 싫었다 거울을 산산조각내버렸다 영문을 모르는 부모님은 꾸중만 했다 집을 나와버렸다 거울을 가진 사람들은 소녀의 몰골을 이해할 수 없었다 어디서나 외면당했다 소녀는 거울이 없는 곳을 찾고 싶었다 세상은 온통 거울투성이였다 소녀는 거울이 없는 곳을 향해 걷고 걸었다 걷다 지친 소녀는 어느 강가에 도착했다 강물에 비친 노파를 만났다 물결에 흔들리는 노파는 소녀처럼 웃고 있었다 더이상 피도 흐르지 않았고 털도 보이지 않았다 아름답진 않지만 이상한 소녀보다는 마음에 들었다 소녀는 여행을 끝내고 집으로 돌아왔다 깨진 거울을 녹여 새 거울을 만들었다 정성스레 문지른 후 살펴보았다 거울 속에 사는 모든 여자들이 보였다 노파는 그날 밤부터 이제 막 피어나는 소녀들의 창문을 두드리고 다녔다 잠든 부모 몰래 잠 못 드는 소녀들에게 거울을 팔러 다녔다

동화

—엄지 공주

　태어났을 때부터 넌 너무 작았다 어쩌나 작은지 눈에
잘 띄지 않았다 부모는 가끔 너란 아이를 잊곤 했다 아프
거나 두려울 때 너는 목이 터져라 울었지만 목소리 또한
몸처럼 작았다 형제들의 소리에 지워져버렸다 계속 울어
봐야 기운만 빠졌다 넌 더이상 소리치지 않았다 그럴 힘
이 있으면 울어야 할 이유를 없애는 데 썼다 형제들은 나
이에 따라 발자국 소리 목소리 커져만 갔다 그들이 움직
일 때마다 너의 작은 몸은 울렸다 심장은 떨어질 듯 팔딱
거렸다 시간이 흐르자 너는 그 소리의 진동에 몸을 맡길
줄 알게 되었다 심장의 떨림도 몸의 울림도 사라진 너는
자라는 데만 힘을 기울였다 네가 커지는 동안 다른 형제
들은 쉬고 있는 게 아니었다 넌 부지런히 자랐지만 워낙
태생이 작았다 항상 가장 작은 아이일 수밖에 없었다 네
가 자라는 동안 부모는 자란 너만큼 작아졌다 커다란 형
제들은 부모의 작아진 목소리를 듣지 못했다 오직 작은
너만이 작은 목소리를 들을 수 있게 되었다

동화
— 토끼 만만세

역사 이래 토끼는 계속 진화해왔다 초창기의 토끼는 두 발로 걸었다 이제는 네발로 뛴다 손도 발이 되어야 한다 그래야 어린 토끼들을 위한 모범적 동화책이 마련된다 달빛을 절구질하던 토끼는 책에서 삭제된다 거북이와 경주하던 토끼도 책 밖으로 추방된다 토끼는 오르막길을 향해 끝없이 뛴다 밤이면 내리막길뿐인 꿈속으로 한없이 떨어진다 어떤 토끼도 밤의 비밀을 발설하지 않는다 그건 내란죄에 해당하기 때문이다 토끼들은 귀가 짧아지고 자주 다리가 쑤신다 정형외과와 이비인후과는 늘 성업중이다 토끼 의사는 같은 처방만 반복하면 된다 그늘이 많은 나무 아래서의 휴식 그건 의사에게도 시급한 처방이다 하지만 치료는 결코 이루어질 수 없다 토끼 정부에선 오래전에 모든 나무를 베어버렸다 그것도 모자라 뿌리까지 뽑아냈다 숲이 있던 곳에는 도끼만 남아 번쩍인다 접근을 금지시킨다 원로 토끼들만이 그 자리를 서성일 수 있다 그들은 더이상 토끼가 아니라는 판단이 내려졌기 때문이다 귀머거리가 된 토끼들은 지름길에 관한 정보를 교환한다 다리를 절뚝이며 뛰어다니는 척한다 토끼 정부는 책표지에 역사상 가장 우수하게 진화한 토끼를 그려넣는다 책의 제목은 토끼 만만세이다

동화
— 잠자는 공주

왕자라는 어둠이 찾아와 입맞춤한 후 그녀는 잠을 이루지 못했다 불안한 꿈들이 잠 속으로 스며든 것이다 그녀는 잠이 두려워졌다 뜬눈으로 밤을 새웠다 어떤 의사도 그녀에게 잠을 주지 못했다 식구들은 그녀를 지켜보느라 잠잘 수 없었다 어느 날부터 그녀는 조금씩 잠을 자기 시작했다 식구들은 서서히 불면에 시달리게 되었다 그녀가 식구들의 잠을 빼앗아가기 시작한 것이다 엄마 아빠의 잠을 훔쳐간 뒤 동생들의 잠까지 앗아갔다 수면 부족으로 부모님은 눈에 띄게 늙어갔다 동생들은 잘 자라지 않았다 그녀의 넘치는 잠은 끝이 없었다 잠을 돌려받기 위해 뺨도 때려보고 의사에게 데려가보기도 했다 그러나 닫힌 눈꺼풀은 열리지 않았다 식구들은 서서히 잠 없는 삶에 익숙해져갔다 그녀의 잠든 모습에서 자신들의 잃어버린 잠을 바라보는 것만으로 잠을 대신하게 되었다

동화
— 베개 왕자님

그녀에겐 사랑하는 왕자님이 있습니다 다른 여자들의 왕자님들처럼 잘생긴 외모도 재치 있는 유머도 가지고 있지 않습니다 영화 구경을 가지도 못하고 드라이브도 할 수 없습니다 그래도 그녀는 왕자님을 소중하게 여깁니다 이쯤이면 그녀의 왕자님이 누군지 무척 궁금할 것입니다 그녀의 왕자님은 바로 베개입니다 그녀도 처음엔 말도 못하고 못생긴 베개 왕자님이 마음에 들지 않았습니다 베개 왕자님은 그저 그녀를 편안히 재워주는 베개에 불과했습니다 그녀가 몹시 상심한 날이 있었습니다 아마 살다보면 부딪히는 그렇고 그런 일 때문이었을 겁니다 그녀는 베개 왕자님을 끌어안고 눈물을 흘렸습니다 베개 왕자님은 옷이 젖어도 개의치 않았습니다 끝도 없는 하소연을 묵묵히 들어주었습니다 그때까지 베개 왕자님을 편안한 친구로만 생각하던 그녀는 베개 왕자님을 사랑하게 되었습니다 그날 이후 그녀는 밤마다 베개 왕자님과 심야의 데이트를 즐기게 되었습니다 하루의 기뻤던 일 슬펐던 일 시시콜콜 털어놓았습니다 언젠가는 그녀도 결혼이란 걸 할 것입니다. 결혼과 연애는 다르니까 아마 상대가 베개 왕자님은 아닐 겁니다 그녀와 같이 대화도 나누고 외식도 할 수 있는 그런 남자일 겁니다 그러나 그녀는 결심했습니다 결혼하더라도 베개 왕자님은 데리고 갈 겁니다 남편 몰래 가끔 만날 겁니다 그때쯤 되면 베개 왕자님은 베개 정부가 돼 있을 겁니다

동화

—백 살 공주

그녀는 백설 공주였다 오래된 동화책에 나오는 그 소
녀처럼 하얀 피부 빛나는 검은 머리 붉은 입술로 태어났
다 한 치의 의심도 없이 백설 공주라 불렸다 자라면 자라
는 만큼 그 아름다움도 자랐다 그녀는 거울을 들여다보
며 매일 속삭였다 내가 세상에서 제일 예뻐 젊은 거울은
늘 고개를 끄덕였다 그녀가 거울에 빠져 있는 동안 많은
왕자가 창문을 두드렸지만 들리지 않았다 피부는 누렇게
얼룩지고 머리는 백발이 되었다 입술은 항문처럼 쭈글거
렸다 사람들은 그녀를 백 살 공주라 부르기 시작했다 어
떤 왕자도 더이상 그녀를 찾지 않았다 그녀는 삐걱이는
창문을 열며 투덜거렸다 제기랄 왕자들은 항상 너무 일
찍 오거나 늦게 온단 말이야 그녀는 밤마다 늙은 거울에
대고 애원했다 내가 아직도 아름답니 거울은 늙었고 고
개를 끄덕이는 습관만 남아 있었다 백 살이 먹도록 공주
인 그녀는 눈먼 거울 속에서 영원히 아름다웠다

동화

—보통 오리 새끼

　나는 미운 오리 새끼였다 누가 시키지도 않았는데 나는 나를 미운 오리 새끼라고 확신했다 누가 시켰다면 나는 나를 절대로 미운 오리 새끼라고 생각하지 않았을 거다 나는 그만큼 미운 오리 새끼였다 미운 오리 새끼가 되기 위해선 여러 가지 조건이 필요했다 우선 난 버려진 백조알에서 태어나야 했다 요즈음은 자기 알을 오리 둥지에 낳는 멍청한 백조가 없었다 어쩔 수 없이 오리알에서 태어나는 모욕을 감수해야 했다 미운 오리 새끼에겐 따돌림이 중요했다 난 날 따돌릴 만큼 보통 오리다운 오리 가족을 찾는 데 성공했다 그러나 보통 오리 가족은 날 따돌리지 않았다 날이 가고 해가 가도 보통 오리 가족의 애정은 변함없었다 약간의 죄책감 속에 백조 훈련을 시작했다 백조가 될 날을 대비하기 위해서였다 보통 오리 새끼들이 물고기 잡는 법을 익히는 동안 난 열심히 목을 뺐다 백조의 품위는 무엇보다도 긴 목에 있었기 때문이다 맹훈련을 계속해도 내겐 백조의 싹수가 보이지 않았다 갈수록 보통 오리 새끼처럼 꽥꽥대고 뒤뚱거렸다 이 모든 원인은 가장 중요한 성장기를 보통 오리 가족들 틈에서 지낸 탓이라 판단했다 집을 뛰쳐나와 백조 무리를 찾아갔다 천신만고 끝에 찾아낸 백조들은 날 거들떠보지도 않았다 목을 길게 빼고 백조들을 향해 헤엄쳐갔으나 백조들은 물벼락만 튕기고 날아갔다 실망한 난 고개를 떨구었다 처음으로 내 모습을 보게 되었다 그동안 목만 빼느라 얼굴 한번 제대로 본 적 없었다 연못에 비친 나는 보통 오리 새끼였다 굳이 그렇게 부르지 않아도 분명 보통 오리 새끼였다 이후 나는 뒤늦게 보통 오리 새끼로서 살아가는 연습을 해야 했다

동화
—장화 신은 슬픔

그녀의 이름은 장화 신은 슬픔이었다 슬플 때나 기쁠 때나 울먹였다 슬픈 나라 백성이었다 슬픔만큼 무거운 장화 속에 슬픔만큼 창백한 발을 감추고 슬프게 걸었다 슬픈 나라의 모든 길은 떨어진 눈물로 늘 젖어 있었다 발이 빠져서 제대로 걸을 수 없었다 견디다못한 그녀는 탈출을 감행했다 며칠 밤과 며칠 낮을 달려야 기쁜 나라이리라 추측했다 뜻밖에도 한 발자국 돌아서니 기쁜 나라 국경이었다 그러나 기쁜 나라를 코앞에 두고 입국을 저지당했다 장화 때문이었다 슬픔은 전염성이 강해 한 켤레의 장화도 들여놓을 수 없다고 했다 장화를 벗어 국경 감시병에게 건네주었다 감시병은 장화를 국경에 세워놓았다 장화는 국경선의 일부가 되었고 그녀는 기쁜 나라 백성이었다 기쁠 때나 슬플 때나 미소 지었다 이름도 장화 벗은 기쁨으로 바뀌었다 기쁨만큼 가벼운 맨발로 기쁘게 걷기 시작했다 장화 속에 숨어 살던 맨발은 부드럽기만 했다 기쁜 나라의 잘 닦인 길에서도 자주 미끄러지고 피 흘렸다 그런 날이면 장화 벗은 기쁨은 국경에 세워진 장화를 신고 발이 빠지는 슬픔 속으로 도망치는 꿈을 꾸곤 했다 깨어나면 그녀는 자신이 있는 곳이 기쁜 나라인지 슬픈 나라인지 혼란 속에서 다시 걸었다

쿨 월드
— 애완견 센터

쿨 월드에선 애완견 센터가 성업중이다 그 앞을 지
날 때마다 그녀는 멈춘다 강아지들을 바라본다 쿨 월드
의 한기가 스며들지 않은 아직 따스한 햇것들 그녀는 강
아지가 몹시 탐난다 애완견을 갖기 위해서는 비싼 대가
를 치러야 한다 그녀는 차곡차곡 돈을 절약한다 우선 강
아지용 사료를 산다 헝겊 집도 한 채 구입한다 목돈을 손
에 쥐면 강아지를 살 것이다 강아지를 위해 돈을 모으다
보니 그녀는 식량을 살 수 없다 사료를 먹기 시작한다 월
세를 지불하지 못해서 쫓겨난다 헝겊 집에 들어간다 눈
이 내리고 거센 바람이 불고 헝겊 집은 곧 구멍이 뚫린다
강아지용 사료도 바닥난다 견디다못한 그녀는 애완견 센
터를 찾아간다 애완견 센터의 주인은 그녀를 곧 알아본
다 어려움을 겪은 사람만이 훌륭한 애완견이 될 수 있다
고 격려한다 그녀는 애완견 센터의 유리벽에 갇혀 그녀
를 사갈 사람을 기다린다 아무도 오지 않는다 쿨 월드의
애완견 센터엔 족보를 알 수 없는 개만 늘어간다

쿨 월드
—성냥은 있다

이 이야기는 쿨 월드의 어느 밤에 시작된다 이곳의 시
민들에겐 추위란 공기의 다른 이름일 뿐이다 사전에선
이미 성냥이란 단어는 사라졌다 어느 도시나 그렇듯 사
라진 것들의 사라짐을 인정하지 않는 자들은 있다 그런
사람들을 위해서 성냥이 비밀리에 거래되기도 한다 그녀
는 몰래 구입한 성냥을 품에 안고 방으로 돌아온다 더듬
더듬 성냥 켜는 법을 떠올려본다 성냥을 켠다 불꽃이 피
기도 전에 찬바람에 쓰러진다 떨리는 손으로 바람을 막
는다 성냥을 켠다 온 가족이 둘러앉은 둥근 식탁도 푸른
잎 우거진 낯익은 정원도 없다 눈동자를 비벼본다 충혈
만 될 뿐 아무것도 보이지 않는다 그녀는 성냥을 의심한
다 이것은 단지 성냥을 닮은 그 어떤 것일지도 모른다 그
래도 성냥을 켠다 성냥을 닮은 이것들 중에 그녀가 원하
는 진짜 성냥이 숨어 있을지도 모른다고 믿어본다 밤은
깊어가는데 성냥은 텅 빈 불꽃만 보여준다 밤새 성냥을
켜느라 그녀는 지친다 하얗게 말라버린다 수북하게 쌓인
성냥 위에 쓰러진다 성냥을 믿었던 시절의 따스했던 추
억들로 타오르는 머리를 감싸안은 채 뒤척인다 화장당하
듯 쿨 월드의 밤이 지나간다 재처럼 흰 눈이 덮인 쿨 월
드의 아침 성냥이 걸어간다 밤이 깊도록 동화책을 읽던
성냥 동화 같은 건 한 장도 품을 수 없는 잘 마른 성냥 하
나 걸어간다 이 이야기는 쿨 월드의 어느 아침에 끝나지
않는다 이곳에서의 밤은 어둡고 분명 뼈가 시리도록 추
울 것이다 그녀는 또 성냥을 구입할 것이다 밤새도록 성

냥을 켜는 행위로 밤을 견뎌나갈 것이다 그러므로 이 이
야기는 쿨 월드의 모든 밤 어느 작은 방에서 반딧불처럼
반짝이며 계속 이어질 것이다

쿨 월드
— 자장가

    밤이면 기온은 더욱 내려갔다 두꺼운 이불을 덮어도 그녀는 잠들지 못했다 그녀는 그녀가 가엾었다 이곳으로 이주해 온 후 그녀는 그녀가 깊은 잠에 빠진 걸 보지 못했다 모래알처럼 흩어지는 사람들 사이에서 그녀는 추위에 시달렸다 창문 새로 바람이 밀려드는 밤이었다 그녀는 그녀를 무릎에 눕히고 자장가를 부르기 시작했다 자장가는 낡아서 군데군데 가사가 구멍나 있었다 이렇게 오래된 자장가로는 이곳의 한기를 잠재울 수 없다는 걸 그녀도 알고 있었다 그녀도 그녀를 위해 기름지고 따스한 자장가를 노래하고 싶었는데 그런 자장가는 값이 비쌌다 자장가는 너무 늙어서 그녀의 입에서 나오는 순간 얼어붙곤 했다 그녀에게 도착하지 못했다 그래도 그녀가 가진 자장가는 그것뿐이라 끝까지 불렀다 자장가처럼 긴 세월이 지났다 그녀는 자신의 무릎 위에서 영원히 잠든 그녀를 보았다 자장가는 그녀를 쿨 월드의 한기가 결코 쫓아올 수 없는 곳으로 보내주었다

쿨 월드
─지하철 침실

    지하철 침실에 대해 들어보셨습니까 요즘 선풍을 일으키는 침실 인테리어죠 지하철에서 내리면 눈을 붙일 수 없는 사람 멈춰 있는 방에선 뒤로 가는 꿈만 꾸는 사람 이런 증상에 시달리는 시민들을 위해 새로이 고안된 인테리어 지하철 침실 예 당신은 그런 증상이 없다고요 혹시 이곳 시민 맞아요 맞다고요 그럼 유행에 뒤진 거예요 분발하세요 자 우선 살펴볼까요 방 한쪽엔 초록색 긴 의자를 들여놓고요 천장에는 둥근 손잡이를 설치하는 거죠 달리는 듯한 효과음까지 틀어준다면 금상첨화겠죠 문을 열고 들어서는 순간 당신은 잠에 빠질 겁니다 아주 깊게 말이죠 안심하세요 잠자면서도 당신은 달리고 있을 테니까요 아침이 되면 지하철 침실이 당신을 깨워줍니다 당신은 그저 침실이 이끄는 대로 어두운 꿈속을 따라가기만 하면 돼요 이렇게 자다보면 마지막 역에서 깨어날 날이 오겠죠

쿨 월드
—헌 실 혹은 현실

이곳의 밤은 길고 춥다 두툼한 털옷 하나쯤은 있어
야 한다 그녀는 털실을 사러 수예점에 간다 뜨개질을 해
본 적이 없어 교본도 필요하다 돈을 세어본 주인은 고개
를 젓는다 교본과 털실 바늘까지 사기엔 부족하다고 한
다 헌 실과 낡은 교본 휘어진 바늘로 만족하기로 한다 좀
낡으면 어떤가 근사한 무늬를 짜넣는다면 새것 못지않을
것이다 기대에 부풀어 교본을 펼쳐본다 되풀이해 읽어도
낯선 암호 같다 헌 실은 자꾸 엉켜 푸는 데만 여러 밤이
지나간다 그녀는 뜨개질을 시작한다 손끝이 자주 바늘에
찔린다 교본과는 다른 무늬만 나타난다 화가 난 그녀는
교본을 찢는다 실뭉치를 벽에 던진다 하지만 곧 마음을
가라앉힌다 분노로 털옷을 짤 수는 없으니까 다시 뜨개
질에 몰두한다 떠오르는 무늬를 집어넣는다 손길을 부지
런히 움직인다 마침내 그녀에게도 털옷이 생긴다 군데군
데 구멍 뚫리고 이상한 무늬 놓인 옷 비슷한 털실을 걸치
고 다닌다

박제된 물고기를 본 적이 있으시오

박제된 물고기를 본 적이 있으시오
사라진 내장 비릿한 기억의 길을 채운
물거품 같은 흰 솜을 본 적이 있으시오
푸른 물을 호흡하던 아가미 속을 헹궈낸
취하지도 않는 알코올을 마셔본 적이 있으시오
수천수만의 박제된 물고기들이 헤엄치듯 입을
벌리고 있는 유리 상자의 세월을 본 적이 있으시오
진짜 박제는 결코 박제처럼 보이지 않는다는
사실을 아시오 실은 나도 박제가 아니라오
그대도 박제가 아닌 것 같소
박제로 가득한 세계 박제 거품 박제 파도
박제된 바다에 박자를 맞추기 위해 박제보다
더 박제 같은 얼굴로 견디는 것뿐이라오
박제된 물고기를 본 적이 있으시오
박제된 물고기가 박제된 물고기에게 중얼거린다

야구처녀의 행복한 죽음

모든 야구는 거대한 야구성 안에서 이루어지고 있었다 야구성 안에 들어가기 위해선 야구모자를 써야 했다 야구모자는 비쌌고 넌 가난한 야구처녀에 불과했다 사실 가난한 야구처녀란 존재하지 않았다 가난하면 야구모자를 쓸 수 없다 누구도 널 야구처녀로 인정하지 않았다 넌 너만의 야구처녀였을 뿐이다 너는 늘 야구성 밖을 서성였다 관중의 환호성을 들으며 야구를 상상하는 것이 일과가 되었다 어느 날 한 개의 공이 너를 찾아왔다 넌 그렇게 믿고 있다 한 번의 타격으로 벽을 넘은 공은 흔치 않았고 가격은 벽만큼이나 높았다 넌 그런 공을 주워다 팔기 시작했다 느리긴 했지만 돈이 모여갔다 야구성을 향한 너의 열망도 서서히 성문 가까이 접근하고 있었다 그날 너는 마지막 공을 기다리고 있었다 공은 그날따라 너의 두 손을 외면하고 머리로 향했다 경기가 끝나고 야구모자를 쓴 사람들이 몰려나왔다 야구아이들이 소리쳤다 검붉은 피로 엉킨 야구공이다 처음 보는 야구다 야구어른들은 야구아이들에게 충고했다 야구는 몹시 위험한 경기란다 야구모자를 쓰고 견고한 야구성 안에서 오래된 규칙에 따라 해야 한단다 야구어른들은 야구아이들을 데리고 서둘러 자리를 떴다 아이들의 눈으로부터 너의 미소를 가리기 위해서였다 비록 야구성 밖이었으나 그토록 사랑하던 야구에게 살해당한 너는 행복했다 부서진 얼굴에 미소가 사라지지 않았다 너는 이제 야구모자 따위는 필요치 않은 너만의 야구성으로 떠났다 그건 야구성 안

44

에서 경기를 바라만 보던 사람들은 결코 날릴 수 없는 역
전의 홈런이었다

야구처녀의 고독은 둥글다

처음에 너는 고독은 날카로운 그 어떤 거라고 짐작했
다 고독 때문에 자주 명치끝이 아팠던 너로선 그럴 만도
했다 나이와 더불어 너는 통증에 익숙해졌다 그러나 통
증을 감추기는 쉽지 않았다 친구들과 있을 때 넌 너무 말
을 많이 하거나 아예 하지 않았다 고독이 드러나는 게 싫
었던 거다 친구들은 그런 너를 떠났다 가족들은 너를 이
해할 수 없었다 말귀를 못 알아듣는다고 탄식했다 고독
은 자주 너의 귀를 막았다

고독에 잠긴 널 불편해하지 않는 건 TV뿐이었다 방에
틀어박혀 TV와 지내는 시간이 길어졌다 어느 날 방망이
에 맞고 혼자 날아가는 공을 보았다 하얗게 질린 채 공기
속을 회전하는 공에서 넌 터질 듯한 외로움을 느꼈다 두
꺼운 장갑 안으로 숨어드는 공에선 감출 수 없는 두려움
을 만났다 그런 게 야구라고 불린다는 것도 알게 되었다
하지만 넌 왠지 고독이라 부르고 싶었다 야구는 고독이
라 불리는 편이 어울린다는 확신이 들었기 때문이다

방문을 열고 거실로 나간 너는 야구 중계를 보는 가족
들을 보았다 그들은 오래전부터 야구광인 듯했다 지금껏
눈치채지 못한 것이 의아할 정도였다 공통 관심사를 발
견한 넌 몹시 기뻤다 가족들 틈에 슬쩍 끼어들어 야구 얘
기를 했다 네가 가장 아끼는 고독은 보이지 않을 만큼 멀
리 날아간 공이라고 고백했다 그 공이 그렇게 사라진 건
그만큼 고독했기 때문이라고 덧붙였다 가족들은 사라진
공의 행방 따위엔 관심이 없었다 오직 눈앞의 공만 바라

보았다 가족들은 말귀를 알아듣지 못했다

넌 한동안 연락이 끊긴 친구들에게 전화를 걸었다 야구에 대해 말했다 친구들의 태도는 가족들과 다를 게 없었다 어떤 친구는 숫제 대꾸도 하지 않았다 다른 친구들은 그건 야구가 아니라고 잘라 말했다 자신이 본 야구에 대해 떠들었다 너는 그들이 말하는 야구를 본 적이 없었다 넌 친구들을 떠났다 하지만 인정해야 했다 세상에는 여러 종류의 야구가 존재한다는 사실을 말이다 그리고 사람들은 저마다의 야구에 잠겨 있을 뿐이라는 것도 이제 너는 고독이 둥글다고 생각한다 이후 고독은 너에게 더이상 통증을 주지 않을 것이다 다만 끝도 시작도 알 수 없는 둥근 공처럼 지루할 것이다

야구에 대한 세 가지 슬픔

1

세상엔 기본적인 룰을 어기는 사람들이 많다 야구를 하기 전엔 그런 작자들이 그렇게 많으리라곤 짐작도 못 했다 배트를 들거나 글러브만 끼면 저절로 야구가 되는 줄 아는 놈들 그런 놈들일수록 야구는 제가 다 하는 양 방망이를 들고 나선다 고작 남의 집 유리창이나 깨는 주제에 말이다 야구를 제대로 하는 게 얼마나 위험한지 알게 되면 모두 줄행랑을 칠 놈들이다 그런 놈들은 야구에 룰이 존재한다는 사실 자체를 모른다 오히려 룰을 지키는 사람을 향해 룰을 어긴다고 손가락질한다 그것이 그들이 가진 유일한 룰이다 룰을 지키는 사람은 룰을 지키는 만큼 손가락질당한다 자신이 룰을 어기는 건 아닌지 혼란에 빠진다 외로움 때문에 룰을 버리게 된다 룰을 모르는 사람들의 룰을 따르게 된다 세상엔 룰을 지키는 사람들이 점점 늘어나고 있다

2

나만큼 야구를 좋아하는 사람을 만났다 야구 얘기를 나누며 그를 쉽게 믿었다 선수들끼리의 선의의 경쟁을 통해 야구를 발전시켜야 한다고 생각했다 마음을 열고 최근에 구상한 타법을 털어놓았다 누구에게도 보여주지 않은 순결한 타법이었다 그런데 그가 경기장에 나가 내가 얘기한 타법대로 야구를 한 것이다 이름만 바꿨을 뿐 그건 분명히 내 타법이었다 야구 때문에 사람을 믿지

못하게 되었다 그는 내게서 야구 이상의 무엇을 훔쳐간
것이다 밤마다 누군가가 내 야구를 훔쳐가는 악몽에 시
달려야 했다 야구를 다시 시작했을 때 내 야구는 수비력
이 지나치게 향상돼 있었다 다신 그 누구도 꿈속에서조
차 내 야구를 훔쳐갈 수 없었다 야구에 관한 한 그는 내
게 커다란 선물을 한 것이다

3

　방망이로 날려버리고 싶은 놈들이 점점 많아지고 있다
왜 그런 놈들이 하나같이 나보다 큰 방망이를 들고 있는
지 야구 세상이란 정말 알다가도 모를 곳이다 견딜 수 없
이 많은 살의를 품으며 나는 둥글어진다 밤마다 나는 증
오로 부푼 나를 멀리 날려보낸다 날려버리고 싶은 놈들
이 존재하지 않는 곳으로 야구를 전혀 몰랐던 시절의 아
이 나를 닮은 작은 아이가 사는 곳 야구와는 상관없이 나
를 사랑하는 어떤 이들이 있는 곳 야구에 관한 모든 상념
이 잊히는 곳 그곳에서 나는 홈인이라 외친다

포지션

야구에 있어 각각의 포지션은 매우 중요하다 선수들은 자신의 포지션을 찾기 위해 저마다 고독한 훈련을 한다 야구에 관한 책을 수천 권씩 읽기도 하고 빈 노트에 끊임없이 야구를 쓰기도 한다 이런 과정을 통해 자신에게 맞는 포지션이 결정되면 여간해선 바꾸지 않는다 그런데 요즈음은 걸핏하면 포지션을 바꾼다 자신의 포지션보다 주목받는 포지션이 있으면 미련없이 자신의 포지션을 버린다 거기까진 봐줄 만하다 문제는 포지션만 바뀌면 자신이 그토록 옹호하던 포지션을 물어뜯는다 이런 걸 개 포지션이라 한다 심지어 박쥐 포지션이란 것도 있다 이 포지션 저 포지션 두루 하는 게 그들이 가진 유일한 재능이지만 대부분 어느 하나도 제대로 하지 못한다 야구에 있어 각각의 포지션은 중요하지 않다 자신이 선택한 포지션을 지켜나가는 것 그것이 선수들의 가장 중요한 포지션이다

실험 야구

실험 야구를 하기 전에는 명심할 점이 있다 일부 실험 야구 선수들 중에는 실험을 한다고 글러브 대신 고무장갑을 끼거나 배트 대신 빗자루를 사용하는 선수들이 있다 심지어 공 대신 사과를 던지는 선수들도 있다 지금 우리는 실험을 하려는 게 아니라 실험 야구를 하려는 것이다 실험이라면 실험실의 화학도나 생물학도에게 맡겨두자 모든 야구의 기본은 글러브와 배트 둥근 공이다 실험 야구도 야구다 이걸 항상 기억해야 한다

내 마음의 심판

　내 마음엔 심판이 살고 있다 그는 꽤 까다로운 편이다 한 번의 반칙도 눈감아주지 않는다 사소한 실수도 용납하지 않는다 내 마음에 얹혀사는 주제에 왜 내 편을 들지 않는지 이해할 수 없다 그러나 그의 판정을 무시한 채 경기를 계속하면 야구가 잘 되지 않는다 마음 한구석이 왠지 찜찜하다 그렇다고 그가 엄격한 것만은 아니다 때론 경기장의 심판들에게 승복할 수 없는 경우가 있다 그런 날 그는 날 위로해준다 그는 칭찬엔 인색하지만 위로는 아끼지 않는다 나는 순식간에 판정을 뒤엎고 속 보이게 편파 판정을 하는 경기장의 심판들보단 그를 믿는다 그의 말에 귀기울여서 손해본 적은 없다 이젠 그가 내 마음에 사는 게 든든하다 그는 어떤 경우에도 내 편임을 믿기 때문이다

야구 혹은 마약

살다보면 사람은 자신을 송두리째 사로잡는 어떤 것을 만난다 너에겐 야구가 바로 그것이었다 야구를 알게 된 후 너의 삶은 야구를 중심으로 움직이기 시작했다 야구를 하는 친구들과 어울리게 되었다 너의 책장엔 야구에 관한 책들이 들어찼다 밤마다 너의 수많은 노트에 야구를 쓰기 시작했다 그렇게 야구에 몰두한 덕분에 너는 프로야구계에 데뷔했다 승부를 겨루는 프로야구계는 만만한 곳이 아니었다 데뷔전 이후 너는 거듭해서 고배를 마셔야 했다 최선을 다해 야구를 했지만 누구도 인정해주지 않았다 초조해진 너는 관객들 눈에 띄려고 이 타법 저 타법 닥치는 대로 시도해봤지만 주목받지 못했다 도대체 어떤 야구를 해야 할지 혼란했다 야구에 재능이 없다는 회의까지 들었다 야구를 때려치우고 싶었지만 야구 이외의 삶은 생각할 수 없었다 그렇게 하기엔 야구에 들인 시간이 너무 많았다 넌 이미 야구에 중독되어 있었다 야구는 너에게 끊을 수 없는 마약이었다

야구와 나

한때 야구가 내 인생의 전부라고 생각한 적이 있었다 모든 경기마다 최상의 컨디션으로 최고의 게임을 보여주어야 한다고 생각했다 아무리 컨디션이 저조해도 최소한 3루타는 날려야 한다고 생각했다 시즌이 시작되기 전 매일 밤을 새웠다 밤마다 몇 권의 노트를 썼는지 모른다 팔이 저리고 손가락엔 경련이 올 정도였다 결국 실전에선 죽을힘을 다해 겨우 1루타를 날렸다 한동안 연습을 뒤로 미루고 야구와 나의 관계에 대해 곰곰이 생각했다 야구가 정말 내 인생의 전부라면 야구가 사라지는 순간 나도 사라져야 한다 하지만 그런 일은 절대 일어날 수 없다 나는 야구가 아니고 야구는 내가 아니니까 홈런에 관해서도 그렇다 나는 야구하는 기계가 아니라 사람이다 때론 1루타가 아니라 삼진 아웃도 당할 수 있다 야구는 이제 내 인생의 전부가 아니라 단지 내 삶의 중요한 한 부분일 뿐이다 이제 더이상 홈런만 날리겠다고는 생각지 않는다 매 경기마다 최선을 다할 뿐이다

분위기 야구

분위기 야구는 무서운 병이다 이 병에 걸린 선수들은 다음과 같은 증상들을 보인다 전 보라색 배트를 써야 공이 잘 맞죠 분홍색 글러브를 끼면 공이 감겨와요 빵떡 모자를 눌러쓴 날은 경기가 잘 풀려요 뛰어난 의사도 이 병은 고치기 어렵다 비가 내리거나 안개 낀 날은 증상이 더 심해지는데 이런 날은 강력한 약을 투여해도 소용이 없다 이 병에 빠지면 주로 낭만파 타법이나 사춘기 타법을 구사한다 그 타법들이 얼마나 지루한지 관객들은 경기를 보다가 잠들기 일쑤다 의사들은 이렇게 입을 모은다 적당량의 분위기는 야구에 윤활유가 되지만 지나친 분위기는 약도 없는 병이다 계속 진지하게 야구를 하려면 분위기에 깊이 빠지지 않도록 예방하는 것만이 최선책이다

야구 선생님

야구장을 소유한 사람을 나는 선생님이라 부른다 그
선생님은 내게 영어를 가르치지 않았다 수학도 가르치지
않았다 물론 야구도 가르친 바 없다 야구란 게 배워서 되
는 것도 아니지만 말이다 처음엔 선생님이라 부르는 게
어색했다 다른 선수들이 모두 선생님이라 부르니까 튀기
싫어서 그렇게 불렀다 야구장을 소유한 선생님들 주변에
는 제자들로 가득하다 야구장에 들어가고 싶어서 제자가
된 것이다 야구장이 없었다면 선생님들도 제자에 불과했
을 것이다 제자들은 야구는 열심히 하지 않고 선생님만
따라다닌다 선생님이 하는 말은 틀려도 예 맞아도 예 언
제나 맞다고만 한다 내가 아는 진정한 야구 스승들은 야
구장을 소유한 적이 없다 그래서 그분들은 제자가 없다
그분들은 누굴 가르치는 게 야구에선 불가능하다는 걸
일찍이 깨달았다 끊임없이 스스로 배웠을 뿐이다 그러나
오늘 나는 선생님들을 마음속 깊이 우러나와 선생님이라
부른다 수많은 제자에 겹겹이 둘러싸여 한 치 앞을 보지
못하는 선생님들 그런 선생님들은 내게 몸소 가르친다
절대로 선생님처럼 되면 안 된다고 그러니 그분들은 진
짜 야구 선생님이다

야구하는 앵무새

이건 야구를 하는 앵무새 얘기일 뿐이다 절대로 당신들 얘기는 아니니까 미리 흥분할 필요는 없다 새장 속의 앵무새를 보듯 가볍게 읽으면 된다 당신들은 사람만이 야구를 할 수 있는 우월한 존재라고 자부한다 당신들에겐 미안하지만 앵무새도 야구를 한다 어쩌면 당신들보다 백배는 더 쉽게 할지 모른다 왜냐고 반문하면 대답은 간단하다 앵무새는 야구를 흉내만 내면 되니까 야구 때문에 고민할 필요가 없다 이미 써 있는 야구를 읊어대기만 하면 야구는 끝이다 사람들이 비난이라도 할라치면 앵무새는 선제공격을 한다 원래 모든 야구의 기원은 흉내에 있다 새로운 야구를 하려고 머리를 쥐어짜는 당신은 바보다 이렇게 반박한다 뛰어난 앵무새일수록 화려한 이론으로 중무장하고 있는 법이다 이건 단지 야구를 할 줄 아는 재주 많은 앵무새 얘기다 확신할 수 없지마는 아마 당신들 얘기는 아닐 것이다 괜히 얼굴을 울긋불긋 앵무새 빛깔로 바꿀 필요는 없다

그녀가 멈추었던 순간

　나갈 것인가 말 것인가 낡은 방의 입구에서 그녀는 망설인다 여기에 머무른다면 그녀는 그녀를 잉태한 그녀가 먹는 음식을 얻어먹고 그녀를 잉태한 그녀가 호흡하는 공기를 얻어마시며 방 밖에서 부는 바람이나 자주 변하는 날씨 따위와는 상관없이 평화로울 텐데 모든 일은 양수와 탯줄 낡은 방이 알아서 처리해줄 텐데 그녀는 망설인다 입구 밖에서는 조산원이 빨리 나오라고 소리를 지른다 그녀는 나가지 않기 위해 힘을 주고 그녀를 잉태한 그녀는 내보내기 위해 힘을 준다 그녀를 잉태한 그녀의 호흡이 점점 힘겨워진다 조산원은 목이 쉬어 더이상 소리지르지 못한다 낡은 방의 모든 기억이 그녀를 떨쳐버리기 위해 무섭게 흔들린다 그녀도 흔들린다 그러나 흔들리는 시간조차도 위험하다 그녀에게나 그녀를 잉태한 그녀에게나 그녀는 길고 긴 질 혹은 길을 터덜터덜 걸어나온다 검고 푸른 해초처럼 땀에 젖은 머리카락을 한 그녀를 잉태한 그녀 앞에서 그녀는 오랫동안 참았던 울음을 쏟아버린다 만족한 조산원은 길고 흰 기저귓감으로 만든 손수건을 오래 망설였던 그녀의 사타구니 사이에 채워준다

가둔다

그녀의 육체 안에는 많은 것들이 갇혀 있다
자주 흔들리던 바람과 바람 같은 낡은 구두
낡은 구두를 닮은 질긴 눈물 질긴 눈물을
닮은 늙은 아이들 늙은 아이들을 닮은
어린 아버지 그녀의 몸속에 갇혀 있다
가둔 것들은 혹은 갇힌 것들은 입과 눈
귀 모든 열린 구멍 밖으로 태어나려고
투쟁을 한다 고요한 밤이면 갇힌 것들이
그녀의 내장을 먹는다 위장과 식도와
허파와 간을 먹으며 깔깔거린다 언제나
배고파하는 것들이 그녀를 갉아먹으며
그녀의 육체 밖으로 조금씩조금씩 나오고 있다
추억을 가둔 육체는 내장이 없다
텅 빈 집처럼 사소한 바람에도 휘청거린다
휘청거릴 때마다 갇힌 것들의 커다란 입이
그녀의 육체 밖으로 툭툭 삐져나온다

변신

밤에 젖어 있는 개 코에 코를 문지르며
넌 어쩜 이렇게 내 냄새를 금방 알아차리니
개를 껴안을 때 개가 그녀에게 말하길

이봐요 입술이 자꾸 닫히기만 한다고요
이봐요 입술 끝을 위쪽으로 끌어올려봐요
기분이 좋아져요 적당히 날카로운 송곳니도
슬쩍 보여주라구요 이봐요 두 발로 걸을 때마다
자주 넘어진다구요 이봐요 네발로 걸어봐요
네발로 걷던 기억이 당신에겐 있잖아요
당신은 금방 배울 수 있을 거예요

개를 껴안고 자면 그녀 몸에 개털이 묻고
개와 함께 자면 그녀에게서 개 냄새가 난다

가족들이 아침에 방문을 연다 처음 보는 개다
우린 이런 개를 키운 적이 없다 소리지른다
누구도 그녀의 냄새 맡지 못한다
그녀는 즐겁게 문밖으로 쫓겨난다

동굴 속이다

노인이 떠난 후 며느리는 노인의 유품을
정리한다 노인만큼이나 오래된 박쥐 문양
고리가 달린 궤짝 속에서 나체의 여자 사진
한 뭉치가 떨어진다 떨리는 손으로 찢어냈을
나체의 페이지들 죽음은 노크를 하지 않으므로
노인은 바지춤을 제대로 치켜올릴 시간이
부족했다 며느리는 아아 아버님께서 울먹인다
정리하지 못한 나체의 페이지들이 얼룩진다
궤짝 끝에 달린 박쥐 문양 고리가 날아간다
며느리의 눈 속에 동굴의 끝 걷고 걸으면
다시 출구가 나오는 환한 빛을 향해 늘어진
성기를 내놓고 걸어가는 갓난 사내아이가 보인다

신(新) 배비장전

그가 그녀에게 말한다 떠나기 전에 부탁이 있어 들어
줄 거지 그녀는 궤짝을 깔고 앉아 하품을 한다 내가 이별
을 얘기하던 밤 너에게 준 성기를 돌려줘 안 돼 그건 내
거야 네가 네 손으로 나한테 준 거야 그는 그녀에게 빌기
시작한다 제발 그것만은 돌려줘 넌 왜 한번 준 걸 다시
달라고 하니 붙이기도 힘들 텐데 어서 가 그녀가 앉아 있
는 궤짝 속에는 떠나간 애인들의 성기가 갇혀 있다 이빨
처럼 날카로운 성기 비단 도포처럼 부드러운 그것 수염
처럼 자꾸 자라는 음경 그는 그녀에게 제안한다 이건 어
떨까 내 성기는 이미 너에게 주었으니까 우리 같이 살자
응 그녀는 픽 웃는다 넌 고자잖아 내가 누구 때문에 고자
가 됐는데 그는 울먹이며 물속으로 뛰어든다 넌 이상한
감옥이야 그런 걸 가둬서 어쩌겠다는 거니 그녀는 궤짝
을 타고 섬처럼 떠다닌다 아무리 많은 성기가 쌓여도 가
라앉지 않을 가볍고 무거운 궤짝 위에 자물쇠처럼 단단
하게 그녀가 잠들어 있다

개라는 존재

그는 멍멍 짖는다 그는 컹컹 짖기도 한다
달빛 푸른 밤에는 우우 짖는다
그는 밥그릇을 지저분하게 사용한다
물그릇을 깔고 앉기도 한다
그는 혓바닥을 교만하게 늘어뜨리고 헉헉거린다
묽고 누런 똥을 아무 곳에나 싼다
주인은 너무 자란 그가 싫다
빗자루처럼 뻣뻣하게 흔들리는 꼬리가 밉다
그의 희고 연한 배를 발로 찬다
꼬리를 지렁이인 양 발로 꾹 밟는다
그는 멍멍 짖는다 그는 컹컹 짖기도 한다

구두를 만든 사람

그이는 평생 구두를 만들었다 그이가 만든 구두는 작은
산처럼 쌓여갔으나 그이의 발에 맞는 건 없었다 그이는
젊었고 두 발에 꼭 맞는 구두가 없다면 맨발로 남으리라
다짐했다 구두가 발에 맞지 않을 때마다 그이는 더 빠르
고 능숙하게 구두를 만들었다 발에 꼭 맞는 구두를 만들
겠다는 집념 때문에 그인 힘든 줄 몰랐다 그인 계속 구두
를 만들었으나 항상 맨발이었다 그러는 동안 그이는 늙었
고 구두를 만들 기력도 없어졌다 그동안 만든 구두를 한
번씩 신어보는 게 소일거리가 되었다 더이상 구두를 만들
수 없게 되자 그간 만든 모든 구두가 발에 맞는 것 같았다
어쩜 발을 구두에 맞추는 게 훨씬 빨랐을 거라는 후회가
스쳐갔다 그이는 한 번도 제대로 신어보지 못한 구두들이
아까웠으나 시간이 없었다 누구나 한 번은 꼭 신어야 하
는 구두 죽음이 그이의 발 앞에 당도해 있었다

검고 낡은 구두와의 이별

그녀의 구두는 입을 벌리고 있다 그녀의 구두는 자주 물이 스미는 배다 그녀는 태어날 때부터 검고 낡은 구두를 신고 있었다 그녀는 자기의 맨발을 본 적이 없다 잘 때에도 검은 구두를 신고 있다 그녀와 그녀의 구두는 길 위로 걸어간다 어느 밤 그녀는 낯익은 거리에서 미끄러진다 구두굽이 닳아버렸던 것이다 그녀는 늙은 신기료장수에게 간다 구두굽을 갈아달라고 한다 늙은 신기료장수는 고개를 흔든다 이토록 검고 낡은 구두에 맞는 굽은 없다고 한다 문을 닫을 시간이라고 말한다 그녀의 등을 민다 늙은 신기료장수의 주름살 사이로 젊은 구두상이 보인다 아주 오래전 젊은 구두상이었던 신기료장수는 검은 구두만 만들었다 그녀에게는 검은 구두만이 어울린다고 했다 늙은 신기료장수는 그녀를 밀어낸다 문을 닫는다 그녀는 닫힌 문 앞에 검은 구두를 벗어놓는다 늙은 신기료장수는 문틈으로 구두를 바라본다 우울한 꽃다발 같다 우울한 꽃다발에 맺힌 이슬을 본다 그녀는 맨발로 걸어간다 모든 뿌리의 기억이 발 깊이 스민다 그녀의 다리를 지난다 복부와 가슴을 지난다 머리까지 올라온다 늙고 지친 구두 같은 신기료장수는 그녀의 머릿속에 잠든다

머리 없는 인형

그녀가 어렸을 때 그녀에게는 그녀만큼 커다란 인형이 있었다 눕히면 눈꺼풀이 사르르 닫히는 근사한 인형이었다 그녀는 외출할 때마다 인형을 등에 업고 다녔다 엄마가 된 듯한 느낌에 사로잡혔다 그녀는 인형을 업고 또래의 코흘리개와 소꿉장난을 했다 작은 그릇에 모래를 퍼 담고 밥이라고 우겼다 어느 날 집으로 돌아온 그녀는 인형을 재우려고 등에서 내렸다 인형의 머리는 사라지고 몸뚱이만 남아 있었다 다음날 아침 그녀는 소꿉장난하던 모래더미에서 인형 머리를 찾아 헤맸다 날이 저물도록 인형 머리는 발견되지 않았다 며칠이 지나도 나타나지 않았다 찾지 못한 인형 머리는 어느 모래 무덤 속에서 눈꺼풀을 닫고 잠들었을 것이다 그녀는 아직도 꿈속에서 머리 없는 인형을 업고 모래 속을 헤맨다 밤마다 그녀의 눈꺼풀은 닫히지 않는다

사슴 목장의 사슴

사슴 목장에 가니 사슴들이 있었다
야트막한 산기슭 철조망 우리 안에
돼지 같은 사람들이 서 있었다
아버지는 익숙한 솜씨로 사슴을 골랐다
뿔을 자르고 피를 권했다(자르고 피를 마시다니)
자르고 피까지 마시다니 끈끈하고 따스한 액체
마신 그날 이후로 나는 사슴 목장의 사슴이 되었다
이끼를 입혀놓은 우리 안에 지루하게 서 있었다
뿔을 자를까봐 피를 말려가며 뿔을 감추고 있었다
늙고 소심한 사슴처럼 구석으로 피해다녔다
그러나 나의 뿔은 우리 사이로 삐죽
바위틈이나 나뭇가지 사이로 불쑥 나타나곤 하였다
달고 뜨거운 피 가득 토해낼 수 있는 나의 뿔은

잘 저어야 한다

잘 저어야 한다 매사에 잘 저어야 잘 섞이고
잘 섞여야 길고 긴 식도에서 열린 항문에
이르기까지 괴롭지 않은 법이다 특히 박마담이
탄 커피는 잘 저어야 한다 언제나 겉도는
기름 같은 프림을 잘 녹여야 한다 바닥에
가라앉은 희고 반짝이는 눈물 같은 설탕을
잘 달래야 한다 검고 끈적이는 커피 속으로
잠기는 늙은 여자를 잘 저어야 한다 커피잔 속을
위태롭게 또각거리는 하이힐을 잘 저어야
한다 커피잔 밖으로 얼룩지는 길들을
잘 저어야 한다 박마담이 탄 커피는 잘 저어야 한다

그녀와 그녀의 그림자

—기억이 나보다 힘이 세다

그녀의 그림자 납작한 종이처럼
혹은 삶의 껍질처럼 그녀에게 매달려
느린 걸음으로 흙 위를 기어다니는 그림자는
햇살에도 달빛에도 상처받지 않는다
다만 늘어나거나 줄어들 뿐이다

그녀의 그림자 밤마다 그녀의 꿈속으로
스며들어온다 그녀의 희고 연한 뇌수와
뇌수 속에 떠다니는 애인과 애인의 성기에
매달린 아이들을 훅훅 빨아들인다
그녀의 그림자는 밤마다 불룩해지고 그녀는
잠자리에서 일어날 수가 없다 몸이 얇아져
방바닥에 붙어버린 것만 같다

어느 날 그녀는 방바닥에 붙어버리고
그녀의 그림자는 일어선다
반생을 기어다니던 길 위에서
걸어다니며 그녀 행세를 한다
사람들은 아무도 그녀의 그림자를
의심하지 않는다

칡즙 파는 남자

사내는 하나의 검고 질긴 뿌리였습니다
뿌리로부터 뻗어나온 잔뿌리들은
얼마나 질긴지 사내의 가난한 입 속으로
꾸역꾸역 스며들었습니다 여자는 가끔
신음 소리를 냈습니다 아이들이 말라가고 있어요
사내를 동여맨 아이들의 팔과 다리는
마를수록 더 감겨왔습니다 어느 저녁
사내는 거대한 은빛 분쇄기 안으로
걸어들어갔습니다 흙처럼 무표정해진
여자가 분쇄기를 작동시켰습니다
분쇄기는 빠르고 힘차게 돌아갔습니다
사내의 빛나던 흰 뼈 모두 부서지고
한잔의 칡즙이 흘러나왔습니다 달고 쓴
한잔의 칡즙이 아이들 속으로
스며들어갔습니다 그날 밤 아이들은
사내처럼 힘겨운 뿌리가 되었습니다

내 마음엔

내 마음엔 동물원이 있었다
그리고 많은 동물이 있었다
그것들은 이름에 어울리게
끝없이 움직이고 울부짖었다
움직여야 하는 것들의 운명은
상처 입고 상처 주는 거였다
그것들은 더이상 움직이지 않게 되었다
깊은 후회 속에서 웅크리고 침묵하게 되었다
내 마음엔 창백한 벽이 생겼다
더이상 동물이 아닌 것들
정지한 것들 정물들이 살게 되었다
고요가 흐르고 내 마음은 무덤이 되었다
오래된 동물이었던 그것들
어느 한때 정물이었던 너희들
이젠 다만 남겨진 것들이 되었다
유물이 되어버렸다

빨간 모자

어떤 화창한 날엔

새로 산 빨간 모자를 쓰고
아니 오래된 빨간 모자를 쓰고
솔직히 말하면 으깨진 토마토 같은
빨간 모자를 다리 사이로 흘리며
사실은 피범벅이 된 빨간 모자를
가랑이 사이에 끼고

결코 지워질 수 없는 생각이
죽어서 태어난다

영화

—미스 캐스팅

그녀는 데뷔 시절부터 슬픈 역만 맡아왔다 우는 건 밥 먹듯 자연스럽고 이별하는 건 키스 신보다 멋지게 해냈다 그는 의외의 캐스팅이었다 영화 출연 경험이 전무한 그가 그녀는 걱정스러웠다 그는 곧 남자가 해야 할 연기를 익혔다 타고난 소질이 있는 것 같았다 그녀는 그가 마음에 들었다 그래서 이 영화를 자신이 출연한 다른 영화처럼 슬프게 끝내는 건 싫었다 그녀는 감독을 찾아갔다 이번만큼은 해피 엔딩의 주인공이 되고 싶다고 말했다 이젠 우는 연기를 소화해낼 눈물도 없다고 사정했다 감독은 맡은 배역에만 충실하라고 말했다 그녀는 그에게 감독을 만난 걸 털어놓았다 그도 첫 영화부터 슬프게 끝내긴 싫다고 했다 첫 영화가 다음 출연 영화도 결정짓는 것 아니냐고 말했다 그들은 영화의 유일한 미스 캐스팅인 감독을 잘라버렸다 감독과 배우를 겸하며 자신들이 원하는 영화를 찍었다

영화

— 해피 엔딩

　그녀가 태어나던 순간 영화가 시작되면서 비가 내렸다
저 아인 결국 폐렴에 걸려 죽고 말 거야 관객들은 눈물을
훔치며 소곤거렸다 콜록이긴 했지만 아이는 계속 자랐다
소녀가 되었다 비에 익숙한 소녀는 흙탕길에서도 미끄러
지지 않았다 관객들은 왠지 조롱당하는 듯한 기분이 들
었다 소녀가 자라는 동안 빗발은 더욱 거세졌다 그녀는
빗속에서 사랑하고 이별했다 빗물처럼 많은 눈물이 흘렀
지만 빗물에 섞여 보이지 않았다 관객들은 지루해지기
시작했다 맑은 날이라곤 눈을 씻고 봐도 찾기 힘든 영화
그토록 긴 우기에도 눈물 한 방울 보이지 않는 주인공을
이해할 수 없었다 더구나 몇몇 관객은 가득찬 습기 때문
에 감기까지 걸렸다 관객들은 곰팡이 슨 엉덩이를 털며
몸을 일으켰다 그때 더이상 비로 가둘 수 없던 스크린이
찢어졌다 참고 참았던 울음이 불평만 하던 관객들을 덮
쳤다 관객들은 폭우에 쓸려 멀리 떠내려갔다 스크린 밖
으로 그녀가 걸어나왔다 활짝 갠 해피 엔딩이었다

처음엔 당신의 착한 구두를 사랑했습니다

처음엔 당신의 착한 구두를 사랑했습니다
그러다 그 안에 숨겨진 발도 사랑하게 되었습니다
다리도 발 못지않게 사랑스럽다는 걸 알게 되었습니다
어느 날 당신의 머리까지
그 머리를 감싼 곱슬머리까지 사랑하게 되었습니다

당신은 저의 어디부터 시작했나요
삐딱하게 눌러쓴 모자였나요
약간 휘어진 새끼손가락이었나요
지금 당신은 저의 어디까지 사랑하나요
몇번째 발가락에 이르렀나요
혹시 아직 제 가슴에만 머물러 있는 건 아닌가요
대답하지 않으셔도 됩니다
제가 그러했듯 당신도
언젠가 저의 모든 걸 사랑하게 될 테니까요

구두에서 머리카락까지 모두 사랑한다면
당신에 대한 저의 사랑은 더이상
갈 곳이 없는 것 아니냐고요
이제 끝난 게 아니냐고요 아닙니다
처음엔 당신의 구두를 사랑했습니다
이제는 당신의 구두가 가는 곳과
손길이 닿는 곳을 사랑하기 시작합니다
언제나 시작입니다

문학동네포에지 005
대머리와의 사랑
© 성미정 2020

초판 인쇄 2020년 11월 11일
초판 발행 2020년 11월 22일

지은이 — 성미정
책임편집 — 김민정
편집 — 유성원 김필균 김동휘 송원경
디자인 — 이기준
마케팅 — 정민호 최원석
홍보 — 김희숙 김상만 지문희 김현지
제작 — 강신은 김동욱 임현식
제작처 — 영신사

펴낸곳 — (주)문학동네
펴낸이 — 염현숙
출판등록 — 1993년 10월 22일 제406-2003-000045호
주소 — 10881 경기도 파주시 회동길 210
전자우편 — editor@munhak.com
대표전화 — 031-955-8888 / 팩스 — 031-955-8855
문의전화 — 031-955-3576(마케팅), 031-955-8865(편집)
문학동네카페 — cafe.naver.com/mhdn
트위터 — @munhakdongne
북클럽문학동네 — bookclubmunhak.com

ISBN 978-89-546-7045-6 03810

www.munhak.com
문학동네